INDICE

Questo libro appartiene a:

IL MIO

un'avventura piratesca

TESORO

Capitolo#1

Due Pirati Diversi

Molly è una bambina che ama le avventure e desidera poter vivere un'avventura tutta da sola; Il fratello di Molly, Tom, la prende in giro: "Dai, Molly, le avventure sono per i ragazzi, non per una gallina come te".
A Molly non piace quando Tom la chiama "gallina" e vorrebbe che ci fosse un modo nel quale potesse dimostrargli che è coraggiosa quanto lui.

Per giorni e giorni Molly ha aspettato, ma nessuna avventura sembrava venire dalla sua parte; Molly chiedeva spesso a sua madre se avesse perso qualcosa e se avesse avuto bisogno di aiuto per ritrovarlo.
"Certo, Molly, ho perso gli occhiali.
Ti dispiacerebbe aiutarmi a cercarli?"
Molly cercava ovunque in casa,
anche in luoghi nascosti a cui nessuno potrebbe pensare, finché non ritrovava gli occhiali perduti.
"Oh Molly, grazie mille!", diceva sua madre,
ma Tom si limitava a sbuffare.
"Non è nemmeno vicino a un'avventura,
tutto quello che hai fatto è stato trovare
un paio di occhiali".

Tom a volte indossava una benda sull'occhio sinistro fingendo di essere un pirata.
"Tom, hai bisogno di aiuto per disegnare la tua mappa del tesoro? Posso aiutarti in questo".
Molly amava aiutare le persone; cercava sempre di aiutare tutti. Tom invece non pensava che le bambine potessero affrontare un'avventura; Molly non sa niente di pirati, diceva Tom fra sé e sé.
"E perché dovrei aver bisogno del tuo aiuto con la mia mappa? Corri e gioca con i tuoi giocattoli."
Molly si sentiva sempre triste ogni volta che Tom non voleva il suo aiuto, e avrebbe voluto che ci fosse un modo per dimostrargli che anche le ragazze possono essere coraggiose quanto i ragazzi.

Capitolo #2

Una Sorpresa Emozionante

"Va bene, bambini, ho una sorpresa per voi due" disse loro madre una sera; Molly era curiosa in che cosa consisteva la sorpresa.
La mamma tirò fuori due biglietti dalla sua borsa.
"Sorpresa! Sorpresa! Ho i biglietti per voi per il Parco Avventura dei Pirati."

Molly non poteva credere ai suoi occhi e
sorrise da un orecchio all'altro.
"Grazie mille, mamma!" disse Molly,
ma Tom aveva un'espressione accigliata.
"Perché hai preso un biglietto per lei, mamma?
Potrei andarci io due volte".
Tom non credeva che Molly potesse portare avanti
un'avventura; Molly nemmeno
conosce il significato di un'avventura,
pensò Tom.

TICKETS
TICKETS

La mamma era scontenta di sentire le sue parole. "Tom, non è una cosa carina da dire, Molly è la tua sorellina e ha il diritto di andarci".

Capitolo # 3

Parco Divertimenti

Quando arrivarono al Parco il giorno successivo,
Molly e Tom sono emozionati.
Ci sono molte cose eccitanti nel
Parco Divertimenti dei Pirati,
con attrazioni interessanti come scivoli,
altalene, ruote panoramiche e stand alimentari;
Tra gustosi panini, hot dog e patatine fritte,
ci sono anche dei dolci come lo zucchero filato,
il gelato e le ciambelle.

PIRATE
TICKET

Molly e Tom amavano la nave pirata, un vascello oscillante con tante lucine colorate; i bambini si sentivano come se fossero su una vera nave pirata.

La ruota panoramica, chiamata anche ruota gigante, era un gioco sulla quale cinque bambini potevano fare subito un giro; la ruota panoramica era una vera emozione!

PIRATE
POPCORN

Molly vede una bottiglia a terra, la apre e trova una cartina. La mappa sembra un po' antica e porta ad un sentiero di meli; questo sentiero porta ad una baia. "Guarda Tom! È una mappa. Pensi che possa portare ad un tesoro?"; chiese Molly con gioia.

Tom strappa la mappa dalle mani di Molly: "Dammela! Che ne sai tu di mappe e di tesori?"

"Tom, dammi la mappa, l'ho trovata io per prima", disse Molly. Tom non ha voluto ascoltare, e si è messo la mappa in tasca.

"La mappa è mia adesso; vai e gioca con la nave pirata mentre vado da solo alla ricerca del tesoro".

Baia dei Pirati

Una guida turistica notò l'umore triste di Molly e le chiese perché si sentiva così triste.
"Mio fratello mi ha privato della mia mappa e ora non posso più vivere un'avventura".
Molly nascose la testa fra le gambe e iniziò a piangere.
"Posso sapere dove hai trovato la mappa?" Chiese la guida turistica.
Molly indicò il luogo. "L'ho trovata laggiù; porta ad un sentiero di meli e il sentiero di meli porta ad una baia".

La guida turistica era un uomo adorabile. "Non fare la bambina triste. Ti piacerebbe avere una vera mappa dei pirati? Porta ad un tesoro ancora più grande". La guida turistica diede a Molly la mappa e lei fu felice: ora poteva vivere l'avventura che aveva sempre desiderato.

Questa mappa portava al lago, e sulla mappa c'era scritto: "Trova il tesoro sulla riva dell'acqua". Molly si era preparata bene per la sua avventura e aveva tenuto un cambio di vestiti nello zaino, una bussola e anche una mini pala da scavo.

Quando Molly arrivò al lago, c'erano molti altri bambini, e Molly mostrò a loro la sua mappa e quello che c'era scritto.

"Come faccio a trovare il tesoro?", chiese Molly. "Forse dovremmo scavare", disse un altro bambino. Tutti i bambini aiutarono Molly a scavare; scavarono e scavarono, ma non riuscivano a trovare il tesoro. "Oh Molly, sei sicura che il tesoro sia qui?", disse un altro bambino. Alcuni di loro cominciarono ad andarsene, ma Molly non smise di scavare; credeva che, se si fosse impegnata a fondo, avrebbe trovato il tesoro.

D'altra parte, Tom era riuscito a trovare la baia,
ma questa aveva un'entrata così piccola che
non poteva passarci attraverso; provava
e riprovava, ma non poteva entrare;
"Se Molly fosse qui, potrebbe passare facilmente
attraverso l'ingresso".
Tom si era incolpato di aver trattato Molly così
duramente e di essere stato per lei
un fratello così crudele;
Tom ha deciso di cercare Molly e chiederle il suo aiuto.

Capitolo #4

Il Miglior Tesoro di Tutti

Tom ha visto Molly al chiosco con i dolci.
"Molly, mi dispiace tanto di averti tradito,
ti prego perdonami."
Molly aveva un cuore d'oro e ha perdonato Tom.
"Certo, Tom, ti perdono", disse Molly
"Vuoi aiutarmi a trovare il tesoro, Molly?"
Chiese Tom. "Certo, lo farei, ma prima,
devi aiutarmi con il mio tesoro."
Tom era sorpreso di sapere della mappa di Molly.

Tom aiuta Molly a scavare in riva al lago e fingono di essere pirati, facendo un sacco di suoni divertenti.

Molly scava fino a quando la sua pala colpisce qualcosa di duro.

"Aspetta, Tom, credo di aver trovato qualcosa!"

Molly l'ha tirato fuori dalla sabbia, ed era uno scrigno di legno

"Cosa pensi ci sia dentro, Tom? "chiese Molly.

Tom non sa cosa c'è nello scrigno del tesoro.

Molly ha cercato di aprirlo, ma per quanto ci abbia provato, il coperchio non si apriva.

"Lascia che ti aiuti, Molly."

Molly e Tom aprono il coperchio insieme; dentro c'erano tante piccole gemme colorate.

Molly è così felice che fa una danza pirata.
"Ce l'abbiamo fatta, Tom; abbiamo trovato il tesoro!" disse Molly con gioia.
Molly non è avida - vuole condividere il tesoro con Tom e con gli altri bambini che l'avevano aiutata.
"Queste sono tue, e queste sono mie; mamma e papà sarebbero così orgogliosi di vederci" disse Molly.
"Ora è il momento di trovare l'altro tesoro" disse Tom.
Tom porta Molly alla baia dei pirati; quando arrivano, Molly supera l'entrata e trova subito il tesoro.

Quando Molly apre la scatola, non trova
nessuna gemma. Invece, trovano un messaggio.
Molly legge il biglietto ad alta voce:
"IL VERO TESORO È UN AMICO;
porta questo mesaggio in biglietteria;
hai guadagnato due ingressi gratuiti; Il Parco
Avventura dei Pirati vi darà sempre il benvenuto."
Molly e Tom sono entrambi felici; il Parco Avventura
dei Pirati gli ha insegnato molte lezioni:
LE RAGAZZE POSSONO VIVERE UN'AVVENTURA
e
DUE MANI SONO MEGLIO DI UNA.

FINE
TICKETS

www.ingramcontent.com/pod-product-compliance
Lightning Source LLC
Chambersburg PA
CBHW042114110726
48006CB00002B/639

* 9 7 9 8 8 3 6 4 6 6 0 9 1 *